密雲縣志卷六之四

事略

氏族

錫姓授氏，詳於周代。宗子一姓相系，百世不改；支庶因氏爲別，以族相從。晉之三卿，宋之六族，易代授氏。氏族之稱，由來重矣。密雲望族，多非土著，誠以地處要塞，代有戰争。其一姓蕃衍，逮及雲礽者，始皆由流轉播遷，漸以起家，奄有田宅。所列數姓，皆其選也。

李渦字子厚，蔡家窪人。弟深，字蔭遠。兄弟友愛，内行修明，并好善。道光十三年，歲饑，近村賴以全活。嘗建義學，以課無力讀書者。時有羽士，善符籙，自謂精吐納術，人争就之，夷然不屑也。顧獨重深，欲授以術，深謝去。

李延坪字春旭，温次子。幼穎悟，好讀書。年九歲，五經皆能成誦。而目盲，猶不廢讀。師口授書，輒入耳不忘。著有《詩集》及《爲政十要》《捕蝗説》。

李延庚字紀長，號星伯，深之子。深夫婦同嬰痹疾，延庚先意承志，歷久無倦色。親殁，弟延

辛幼，教養不間人言。性嚴整，急公，知大義。咸豐時，創義倉，置團甲，皆身任之。當事欲爲奬叙，辭之堅，乃已。其卒也，司事大僚至爲輟食。

李廣發，石匣人。父寬，隸營伍，陣亡。母高氏，性卞急，每盛怒，輒長跪。母色和，始起。母疾，禱於神，願減己算益母壽。適弟廣富已封肉五寸許，雜藥餌進母，尋愈。廣發遂茹蔬終其身。

王謙字益之，石匣人，子居仁，并監生。家故貧，父子力作，遂小康。道光初，建義學，延師課其鄉人。從學者如姜觀海、蘇銘、王紹宗等，皆列弟子員，號稱鄉學之盛。又嘗爲粥賑飢。凡有義舉，孳孳不倦。曾孫靖濤，字松坪，以捐修白檀書院議叙八品銜；安濤字彦臣，以捐賑議叙布政司經歷銜。居仁之曾孫曰桓、曰杭者，并以捐賑得加布政司理問。

彭德元字燮乾，莊禾屯人。母張氏病痹，德元衣不解帶，晝夜侍養，凡七年。母卒，年八十四。居喪，七日不食。德鄰字仁里，德周，并同堂兄弟也。德鄰母于氏以節著，另見事略。道光十二年，民饑。德元以德鄰固嘗建義學、置義地，習

於爲善者。謀所以爲賑。德周亦樂於損貲。乃分日作粥濟之。是歲也，惟密雲饑而不害。同治六七年，民饑，亦如之。有子五：長正亨；次正倫，字敦五，太醫院御醫，活人甚衆；次正謨，附監生；次正本；次正方。德元至七十二歲，親見孫、曾繞膝，四世同堂。

蘇登，原籍福建泉州府南安縣二十都之阜陽霞舒鄉人。系出昆吾氏，封於蘇，因以爲氏。至唐光啓間，始由蜀至閩。傳三十四世，至登，官石匣營副將，另有政略。卒於官，葬石匣，遂家焉。有子三。長孟琦、三孟理，均武秩。次孟珠，任子，以知府銓選，未選而卒。其子徽典，雍正丙午舉於鄉，庚戌成進士，官守備，遷都司。有子三。長子淜，徙懷柔。淜子彩，復遷古北口，以武秩官昌平。咸豐九年，出師河南懷慶府，戰死。三子浩，歷官千把總、山西福建守備，擢上杭都司。有子五。長振文，由廪生貢成均，肄業，授訓導。工詩，著有《蚊睫集》。三振聲，累官千把總，擢廣東肇慶守備。所在能得士卒心，嚴公有威。解任時，軍民建生祠，勒石紀去思。五振飛，累官千

總、守備，遷都司，歷署山西督標游擊、中軍參將。告歸時，軍民歌頌，稱其長於文翰，并能詩；於貧士卒多賙恤，而執法嚴，有犯，不少貸；務訓練，習弓馬，營卒登鄉選者相接。振文之長子栻，附貢生；次校，武生，官武秩。栻子壽昌，廪貢生。振聲之次子曰楷，由千把總晋都司，尋致仕；其三子曰桐，文生。楷之子繼昌，附貢生。振飛之長子曰林，官把總；次子棠，武生。蘇氏自家密雲以後，至壽昌兄弟，凡七世。本出將門，故以武秩官昌密者居多。政聲昭昭，在人耳目，

故列叙較詳。

任思義字質亭，古北口人，性仁厚，好推解。家法嚴肅，時比之萬石君。子六人。長百勳，嘉慶癸酉科拔貢生。丙子，挑取謄録，授山西布政司經歷，遷定襄縣知縣、渾源州知州。工書畫。狷介自矢，聽斷嚴明，每堂皇治事，未嘗刑求，而兩造莫不悅服。卒於官，貧無以殮。比喪歸，哭送者數千人，如哭其私。次元勳，累官大名鎮中、左營游擊，歷署八溝營參將，開州協、河屯協副將。三子殿勳，候選州同。四子赫勳，候選守備。

五子紹勳，山西太原營守備。六子殊勳，恩貢生，候選教諭。思義以長子百勳貴，贈奉直大夫；以次子元勳貴，贈武功將軍。百勳之子式坊，官至貴州安順府知府，殉難，另有事略。式坊之長子家瑜，衛學廩生，咸豐辛酉科拔貢生，官滿城縣教諭，兼襲雲騎尉世職。

甯氏之先世，爲山西永濟縣人，自九成始遷密雲。九成之子瑞徵，有子二，曰恭、曰憻。恭，官候選州同，子一，曰光宗，武生。光宗卒，無嗣。今之濟濟彬彬，皆憻後也。憻字預侯，雍正癸卯

進士，官湖廣荆州衛守備、甘肅安西衛守備，父瑞徵得贈如其官。憻有子七人：長光裕，次光譜、光謨、光翰、光猷、光緒、光乾，并知名當世。光裕，歲貢生，候選訓導。長子融，能繩武，亦以歲貢生候選訓導。至子鴻量，官沙河縣訓導。三世皆歲貢生。次子方。方子鴻鍾。鴻鍾之子謙，歲貢生。光譜，武生。長子升，廣平府鷄澤縣訓導，父光譜得贈如其官。次子彝，官滿城縣訓導。光謨，武生。長子彬，亦武生。彬子鴻烈，以武生入貲爲布政司理問。其子琦，道光己亥科舉人，內

閣中書，欽賞同知、候選知府，祖彬、父鴻烈并贈如其官。鴻烈及琦，另有事略。光謨之三子彩，武生。其子鴻音，以增生入貲，分發安徽候補府經歷，另有事略。光翰，武生，早卒，無嗣。光猷，長子明，文生。次子端，陝西興安府照磨，其子鴻元，監生。光猷得請封如端官。光緒，武生，長子質，貢生。質子鴻章，武生。次子鈞，武生。三子忠，官訓導。光乾之孫鴻翥，以降服子瑃貴，贈如例。鴻翥子瑩，附生。鴻來者，光乾次子之子，監生。其子瑜，附貢生。

甯鴻烈字恒武，先世居山西，高祖瑞徵始遷密雲。曾祖憻，已見前。祖光謨、父彬，俱武生。鴻烈幼讀書，潛心典籍，慨然有經世志。以累代弓馬起家，改肄騎射。年十六，入武庠，屢赴鄉闈，弓、馬、技、勇，皆兼人。以額溢見遺，同輩惜之。性孝友。遭母喪，水漿不入口者數日。父嬰水疾，嘗禱祝，願以身代，卒不起，哀毁有加。胞弟鴻音，嗣胞叔爲後，延師授讀，躬自督課。補弟子員，爲納資，授福建從九品。復援籌餉例，以府經歷改發皖江。其孝友之著於門内者如此。

外則待人和恕，排難解紛，不避嫌怨。道光壬午、癸未，邑中大水，勸捐辦賑，活人無算。後十年，畿北苦旱，鄰境流徙入城者日萬計，相率要奪，城内外幾罷市。乃首倡捐穀，與邑侯設法勸輸。時大吏遣員襄賑務，既設廠兩日，饑民搶攘，莫辨誰何。邑侯悉以任之，呼名審貌，井然不紊，强弱沾惠，全活甚衆。

舊有白檀書院遺址，久廢。邑侯宣城李宣範請設義學、修書院。半年，先後蕆事。迄今十有餘年，院課生捷南宫者一，舉京兆者五；義學中入泮者，歲科無間。他若葺學宫、建魁樓、修梵宇、施棺掩骼諸善舉，或首爲之倡，或獨任其成。其仁義之施於門外者，又如此。因勞致疾，未五十而卒。

妻王氏，相夫捐輸營建，凡親族借貸，悉贊成之。道光初，歲饑，設飯廠。逾年，民皆復業，而鄰境流民、本邑老弱仍無所歸。王不忍遽輟，遂相沿至今，垂三十載，每日飯百餘人。遇歉歲，一日數百人。遠近稱之。方鴻烈之殁也，王痛不欲生，既以喪葬未竣，勉營宅兆。又念子未成立，故

以母代父，訓子最嚴。子自塾歸，必挑鐙夜課；昧旦，又令枕上誦習之。敬師傅，誠懇有加，十餘年如一日。族黨中有少孤、失業者，相其材質，多方培植之。待臧獲不加聲色。有告竊者，初弗信。既偵，得實，輒以他事密遣去之。其寬恕類如此。

鴻烈由武生例授布政司理問，嗣以助賑及修書院議叙加三級，晋封奉政大夫。卒於道光十五年，年四十九歲。妻王氏卒於道光二十九年，年六十三。子琦，字景韓，官已見前，性孝友，好善樂施。先君桓武公專設粥廠，接濟民食，乃繼之弗替。每開廠時，親自分給。長年不息，遠近無饑民。咸豐三年癸丑，髮匪犯直界，鄰境騷然。公奉命團練，招募鄉勇千名，日費百金，悉心教演，以衛邑境。經賈相國楨奏準，賞給同知、候選知府。貧民不能殯殮老親者，給衣衾、棺槨、錢米。屆冬無衣者，給棉衣褲。無力讀書者，設家塾以教之。修學宫，建潮渡莊（即朝都莊。）石橋，塾西門坡石道，種種善舉，不可勝述。遇讀書人，親慕异常，百計獎勵，以成其材。訓子以義方，待師傅尤

誠敬。卒年四十四。原配李、繼配王，生子女各一。子彤恩，幼業儒，聰穎絶倫。以父没，持家廢學。遵籌餉例，捐光禄寺署正、加員外郎銜。祖鴻烈、父琦，并以籌餉例，賞二品封典。彤恩善繼先志，凡祖父善舉，毫無廢墜，而於粥廠一事，尤加意焉。同治六年，歲饑，半年不雨，土地荒蕪，鄉民乏食，相率要奪，日千餘人來廠就食。復倡衆損粟，以襄官賑，邑境遂安。光緒二年，歲饑，自春徂秋，又日千餘人來廠就食。公因家用不足，貸千金，買糧施粥，活人無算。亦年四十餘而卒。配徐氏。子壽，入貲爲主事，分户部，以賑捐鉅款，奬員外郎銜。雖出世族，無驕貴氣，恂恂如儒者。好讀書，善畫，尤研究格致學。凡有義舉，無不出貲，首爲之倡。里黨無貧富，莫不愛而敬之。惜方壯即卒，無子，有一女。以從堂兄甯權子入嗣。

甯鴻音字友鵠，擅曾孫，彬生子、彩嗣子，鴻烈之同胞弟也。慷慨任天，明於弃取。讀書知大義，落落有古人風。青年，補弟子員，名譽噪一郡。父早殁，佐兄理家政，有億中才，且膽識過

人。航海涉江，往來南北省，親率經營，得貲常倍蓰。以故，家頓興，甲於邑。生母鍾愛之。叔彩家貧，卒，無子，莫肯嗣。公獨毅然請於母，願以身嗣之。母嘉其志，而故試之曰：「汝叔貧，無業。吾家賴汝兄弟興，今方享富厚，而汝出嗣人。創於前而弃於後，出於富而入於貧，是下喬木而入幽谷也。何樂此？」公曰：「叔無子，鴻音有兄，當嗣而嗣，義宜然。貧富，天命也。」母喜，乃命嗣於彩。喪葬悉盡禮，賢名乃愈噪。未幾，生母亦卒，公痛不欲生，三年不見齒養。

生喪死畢，於是有志於四方。兄鴻烈重其才，亦勸之仕。遵籌餉例，以府經歷分發皖江。不慣居人下。到省後，見宦途俯仰不自主，喟然曰：「吾今乃知陶淵明不爲五斗米折腰，誠高士也！」乃弃歸。至則清風兩袖，宴如也。其兄念其治家之賢也，欲割産以畀之，仍令操賈業。則不受，曰：「弟已出嗣人，不得受所生者産。且命定於天，人貴自創立，安用是爲哉？」兄曰：「弟兄，手足也。今日之産，何非弟力同創者？必使兄獨享之，兄何安？」公不忍拂其意，

乃權受十之一，以成兄之名。人重季子賢，遠近爭交易焉，因得獲贏餘，不數年而富與兄埒。商賈服其能，奉爲長，凡事悉咨之。牛欄山有税局，所以稽偷漏，非以重權也。定制已久，司事者忽欲變舊章，貨物不行，市爲之罷。商與局遂啓釁，僉曰：「非公至，事莫解。」公往，喻以大義，局始服，不再税。迄今三十餘年，關内貨物無重權者，皆公力也。

一生慷慨好義，遇善事多倡首。嘗謂人曰，「天生我材必有用，千金散盡還復來。」天富我，我不可以負天之所富也。其梗概如此。道光十四年卒，歲四十六。妻齊氏，另有事略。子瑃，以附生入貲爲光禄寺署正，加員外郎銜。祖彩、父鴻音，并贈如其官。嗣改外，以知縣選授河南新蔡縣。居官廉直，嘗忤大僚意，歲俸以外，絲毫無所取。不給，則典田宅以濟之，家計坐是中落。二年，卒於官。家中竭力搘撐，喪乃得旋里。子二。長世恩，附貢生，無極縣教諭。饒有父風，出家財以謀地方公益。爲高等小學堂學董時，整頓學規，嚴稽課程。學生有不率教者，責之、革之，

雖親友無所假借。謂國家設學堂之意，本以成就人材，增進學識，學生爲主，而一切辦理學務者，皆連類而及，以成就學生者也。省臨時議事會成立，選爲議員，後選爲正式議事會議員。所建白，皆關於全省大局。而於剔除官場積弊，尤爲汲汲，不僅僅爲桑梓一隅計也。次錫恩，由北京高等實業學堂礦學專科畢業，前清奏獎舉人，以知縣補用。於格致學頗有心得，亦一時之俊也。

志曰：孟子所謂故國者，非有喬木之謂也，有世臣之謂也。係世之牒，《周官》掌於小史，曷其重歟！漢晋以降，古意猶存，郡望愈盛，或沛國劉氏、隴西李氏、太原王氏。齊梁間益尚門第，至勒爲專書《冀州姓族》《揚州譜鈔》，俱以州郡繫其郡望者也。近代方志留連景物，附會桑梓，賤近貴遠，誠重喬木而輕故家矣。茲略仿《史記》世家例，族列爲篇。第舊志因襲家乘，瑣記細事，頗戾於傳、志體裁。茲略爲删節，并由光緒初元至今，舊志所未及載者，間爲補入。

前後文義，或有不同之處，閱者諒之。

昔者司馬子長作《史記》世家，自三代以迄秦漢，而於司馬談及遷之父子爲史官，則見於《自序》。誠以門閥世德，不可不藉史以傳。與其藏之名山，待之後人，毋寧自述之爲愈也。慶煦先世在明爲浙江金華府蘭溪縣人。永樂都北京，遷南人實邊，由浙江北徙，卜居縣南河南寨，遂家焉。始祖、二世祖闕名。三世祖孔德、四世祖福偉、五世祖富年，當明清鼎革，譜系不可得詳已。太高祖澤，諸生，兄弟六人，澤其季也。高祖汝淳、曾祖方來，均諸生，本以農起家。祖綸，以諸生入貲爲候選同知，穎悟好讀書，過目成誦，性復豁達。承祖父之志，務以忠恕待人。邑里有善舉，必充其財力之所至，無少惜。親族待以舉火者，凡數十家。顧治家嚴，門以内，無敢稍越繩尺者。生子五人。長古訓，字念典，諸生。次式訓。三誥。四詒。五諱晋源，後易名錦晨，字少子，即慶煦生父也。訓子尤嚴，爲延名師，親督責，不少

貸。必欲以科第起家，故講求文學，不遺餘力。五十三歲而卒。慶煦生也晚，不逮事大父，皆母氏縷縷以詔予者。父少子，公幼，善承先志，苦心讀書。嚴寒時，手裂足皸，不輟。年方舞勺，畢授十三經。十七歲而孤，號痛至絕氣，附身附棺，惟恐有悔。築團焦於塋次，廬墓者三年。祖母郝爲諸子析居，美田宅悉讓諸兄，自屏居鄰村。奉養寡母，曲意承歡，身敬愛，率家人以養其志。故鄉里嘖嘖稱爲孝子。祖母即世，哀毁益甚，家

事幾廢。服闋，以祖父在時，有居京師、使諸子處莊岳之意，因循未果，至是，乃僦居京寓，就賢師友以講藝論學。取同治癸酉科拔貢。八困鄉闈，始於光緒乙亥登賢書。復八困公車，始於壬辰捷南宫，年五十六矣。以先大父未見諸子登第，齎志以終，故沈浸於文藝者三十年，必期酬先人之志。至是，卒如願，然已老矣。廷試後，以知縣用，改選大名府教授，於光緒二十六年卒於官。母楊氏生慶煦及弟慶鏞二人。公生平淡於利禄，無

嗜好，惟以文字爲性命。尤好獎進後學，列門墻者踵相接，多成名以去。先大伯父念典公，於同治間赴官湖南沅陵縣巡檢。數年，伯父母及一女均故於任所。時二、三兩伯父尚在，率畏險遠，不敢往。公傷之，乃跋涉數千里，扶三柩歸。先伯父故，無子，以慶煦出嗣，然尚未生弟慶鏞也。咸謂以獨子嗣亡兄，如身後何？公曰：「伯兄不可無嗣，吾爲伯道何害？」慶煦幼受庭訓，讀書之外，不令預外事。稍壯，肄業成均，得聞盛伯羲、王益梧、王廉生諸先生及同學諸名儒緒論，於經史學稍窺門徑。於光緒乙酉科獲選拔，以中副車，未與廷試。亦八困鄉闈，始於甲午領鄉薦，由八旗教習選授昌黎教諭。庚子，丁外艱。服闋，以四上公車不第，謂：「矻矻故紙中，雖老死牖下，無裨實用。」乃由議叙知縣，橐筆客諸侯，北游汴洛，南浮湘漢，東聽鼓吴郡，西奉檄晋陽。所至，與彼都人士討論政術，然後知疇昔所見聞如在五里霧中，懵乎悉未得其真相。而於宦海之風

濤、世途之傾險，亦稍有領略矣。今以不材，老居櫪下，自愧學識褊淺，不克負荷先業。然舊德先疇，留貽綿遠，爰摭概略，以著於篇。

民國二年歲在癸丑密雲宗慶煦自識

事略

軼事

名宦

漢漁陽太守郭伋，示民恩信，户口倍增。

漢漁陽太守張堪，多善政，民歌之曰：「桑無附枝，麥秀雙歧。張公爲政，樂不可支。」

漢漁陽太守李膺，字元禮，潁川人。

漢幽州牧劉虞，靈帝時置義渠，降敵數萬於漁陽。

晋桓譚，建武時使漁陽。

唐李保忠，范陽人，肅宗時歸命，封趙國公。卒，贈太保。

鄉賢

五代竇禹鈞，漁陽人。祖遜，玉田令。父思恭，嬀州司馬。禹鈞仕周，爲諫議大夫，建義塾，聚書萬卷，延名師，四方游學者聽其自入。貧者衣食之。生平多陰德。五子并仕宋，爲顯宦。長儀，禮部尚書。次儼，禮部侍郎。三侃，右補闕。四偁，參知政事。五僖，起居郎。儀家法嚴肅，每

對客，諸弟皆侍立。禹鈞年八十二，沐浴别親友，談笑而逝。按：禹鈞即縣東竇家莊人，相傳爲其故里，莊因禹鈞而得名。尚有墓址。

仙釋

梅志仙，檀州人。戒行精嚴，修道黑山三十餘年，常神游郡國。所居有柏樹，已無根，使其徒植之，立見茂盛。卧石間，輒浹旬不食，虎馴繞之。年九十餘，坐化。後時有人見於他郡縣云。

張道寬，安州人，本農家子，天性至孝。早嬰惡疾，垂危，夢數偉人授以符籙。愈後，遂能以其術活人。東王患瘍，劇甚。召道寬，治以符水，數日愈。元封普濟真人，廟在呼奴山。按：道寬漢時人。《渌水亭雜記》載，呼奴山白雲觀有元大德八年集賢學士宋渤碑，略云：張霞鄉弟子張道寬，居順州之呼奴山白雲觀，能以符水救人。大丞相、東平王嘗有瘍生體中，醫藥罔效。道寬治以符水，遂愈。王爲之構觀云。

鳳綱，漁陽人。嘗采百草花，以水漬泥封之，自正月以迄九月，乃埋土中，百日煎九火。卒死者，納藥口中，立活。綱服此藥，至數百歲猶在。

楊和尚，不知何許人，或曰蓋都中某巨室僕也。號月泉人，第呼之曰和尚。精遁甲、青烏術，拄錫邑東南錐山寺及鎮羅營廟。所在夜户不扃，有盗入，輒迷，不得去。山故多猛獸，而廟中牲畜

但界以石子，毫無損。與同行，相失於後，忽相遇於前。邑中甯、王兩家，其先塋皆和尚所擇地，咸家道蕃昌。爲旗民劉延之立穴，斷其必出貴女，名案山曰蛾眉。案：嘉道間，其家女果有晋封太妃者。奇迹多類此。年九十餘，先期示寂。時至，果坐化。新城東門内永慈庵壁間畫梅署普偈，其手筆也。後房圮，而此壁巋然獨存。

按：以前三人載於舊志，俱有靈迹，未便從删。然辭句容有脱誤，稍爲改削。至新舊八景，藻飾附會，土人多艷稱之，實不相副。不敢妄登，以爲全書之累。若議其闕略，則曷敢辭。

事略

節婦　烈女

蕭氏，年二十一，夫死。剪髮垢面，孝養翁姑三十餘年。官旌其門，月給米。

王氏，東智里人周望妻。夫疾篤，遺囑撫孤，勿死。望既卒，王年二十，時年飢，王傭直自給。課子成諸生。明正統間，巡按奏旌其門。年九十卒。

姜氏，李相妻。嘉靖十八年，相卒，姜年二十七，親老，子鳳先幼。姜上事翁姑，下撫孤子成立。萬曆六年，祀節孝。

王氏，後衛前所千户孟玉妻。事舅姑誠敬，食有餘，輒請所與，終舅姑之身如一日。

鄧氏，後衛軍陸餘賈妻。明弘治二年，陸死，鄧年二十二，子幼。撫孤，矢志終身。

江氏，後衛生員祝昭妻。昭死，江紡績，課子讀。子增以貢生官刑部主事。

趙氏，後衛右所百户項潮妻。〔注一〕明正德六年，潮死，趙年十九，無嗣。苦節終身。

〔注一〕「潮」，原誤作「朝」，今據光緒《密雲縣志》改。

汪氏，後衛右所千户谷昂妻。明正德十三年，昂死，汪年二十一，子珣甫一歲。撫子成立，矢志不渝。

仇氏，縣人，適興州右屯衛百户沈鳳。明嘉靖五十五年，鳳守邊，寨破，仇不屈死。

倪氏，汪泰妻。泰死，倪年二十九，子大德甫三歲。倪守節撫孤。大德官至中衛指揮。萬曆六年，旌表。

馬氏，拔貢邵大成妻。大成病篤，馬籲禱於神，願以身代，竟不起。馬時年廿四，自縊者再，救獲，免，遂不食。翁姑曉以大義，乃茹痛矢志守節。奉親教子，各盡其道。長子興邦，官至湖廣道州守備。次子殿邦，官至英德縣知縣。

閻氏，陶宗儀妻，生員裕充之女。明崇禎十七年，宗儀既殉城死，閻年二十六，以死自誓。翁姑曉諭萬端，始從命。孝養備至。翁姑歿，喪葬盡禮。二子并獲成立。閻至五十五歲卒。

高氏，李繼祖妻。繼祖卒，高跪柩前，日夜痛哭，不食。勸之起，不應。哭至七日，終不食而卒。縣官爲之請旌建坊。

張氏，户部里人王鴻業妻。鴻業卒，張年二十四，長子甫三歲，尚有遺腹。家貧甚，紡績守志。食不足，采薇，咽糠粃。志益堅。苦節五十餘年。兵備王則堯旌其門曰「玉骨冰清」。

張氏，陶大倫妻。大倫死，張年十九，子甫一歲。族人利其産，將奪其志。張以死自誓，幾就縊。衆懼，乃止。年八十卒。縣官爲之請旌建坊。

何氏，生員田邦需妻。需死，無子，僅一女。翁姑以何年甫二十，憐其幼，諭改適。何剪髮毀容見志，事親益先意承志。至七十八歲，公舉請旌。

胡氏，生員唐禪虞妻。於歸時，年十七，撫前室子如己出。十九歲，生子文星。明年，禪虞卒，張哀毁，自縊，救獲，免。以子幼，恐有嫉之者，乃讓其産之半於族人。而躬自紡績，訓子讀書。卒年七十六。

張氏，生員楊其善妻，有二女一子。其善死，張年二十九，事親，撫子女。室如懸磬，勵志彌堅。翁殁，鬻衣飾爲殯，毫無怨言。

侯氏，生員彭名士妻。名士死，家貧子幼。夫侄勸侯改適，欲因以爲利。侯以死拒之，侄懼，遂寢其謀。子後補弟子員。侯卒年八十一，苦節五十餘年。

侯氏，武生高若華妻。若華病篤，侯禱於神，請以身代。及若華死，時明季，饑饉相望，家貧，無以爲生。侯采茶咽糠，力撫二子。有勸其改適者，以死謝之。卒年七十三。

楊氏，生員褚文錦妻，恪盡婦職，事翁姑以孝稱。文錦病，躬奉湯藥，衣不解帶者兩閱月。文

錦卒，楊年二十二，日撫柩慟哭，水漿不入口。翁姑時已垂暮，泣曰：「汝志良佳。然汝死，如我兩人何？且如藐孤何？」楊憬然悟，乃進食。事親有加。子元善甫總角，即延師訓讀，十七成諸生。楊不出户庭者四十餘年。

盧烈女，據薛志云，邑人王鼇瓚作詩贊之，而不言事實。今附録其詩，云：「古人烈女傳，千載稱羅敷。羅敷雖可傳，自解爲有夫。豈若彼姝子，母嫠女幼孤？母操凜冰霜，女貌賦雲荼。庶幾得所天，反哺報慈烏。一旦昆岡炎，玉石燼無

殊。運蹇值凶暴，倚勢求歡娛。烈女獨自奮，顧母長哀呼。伉儷非媒妁，有生不如無。懼彼白玉玷，甘碎明月珠。一室雙雉經，行道爲心籲。盧家有少女，綱常賴爾扶。」

徐氏，汪乾一妻，乾一母兄弟之子也。幼敦姑侄誼，母愛之，遂歸於乾一，以賢孝稱。母疾篤，刲股肉進母，尋愈。無何，徐竟死。

楊文媖，衛學生員鳳儀長女，字汪乾一，未婚而乾一卒。楊聞耗，欲自殺，以父母防之嚴，不果。乃白於父，請臨其喪，許之。臨喪而返。乾一葬有日，請臨其穴，許之。既葬而返。俄以春祭，請祭於墓，亦許之。既祭，而遂自歸於姑。姑爲之請於其父母。其父母知其志終不可奪也，爲之告於宗族鄉黨而許之。乾一家綦貧，楊井臼親操，仰十指以養母。已而，終不給。乾一從父允輿，居京師，傷其志，且憐其貧，挈楊奉姑居京師，周之不倦。康熙五十四年，禮部郎中盧晋錫爲之傳。

吴氏，生員尚毓秀妻，年二十四，毓秀殁。吴奉姑撫子，苦節二十餘年。

梁氏，生員楊拱妻。拱卒，梁年二十七。家貧，縫紉以奉孀姑，教子成立。

魏氏，陳浩妻。浩卒，魏年二十六。苦志撫子鼎新，至於成立。

潘氏，金叵羅人趙懷印妻。年三十，懷印病革，泣謂潘曰：「我死，家貧，勿守志也。」潘指天誓。懷印卒，竭力以殮。殮之夕，遂縊柩前。

田氏，張傑妻。傑死，田年二十六。越三月，生遺腹子國賓。食貧勵志，撫子成立。

馬氏，聶普官妻。普官死，馬年十九。奉姑撫孤，苦志不倦。

王氏，縣東南台莊人劉巩妻。巩死，王年二十二。撫三歲孤子成名，守節三十餘年。

馮氏，李國輔妻。李死，馮年二十五。奉舅姑，撫孤子，持家勤儉，不廢紡績。

施氏，監生胡永吉妻。永吉死，施年二十五。孝奉翁姑，妯娌化之。年逾五十，旌如例。

張五姐，父維賢。張年十八，字生員方合瑞，婚有日矣。福姐，張之堂侄女也，年十五，與張同室。居傭王二夜持刀往劫之，二女寧死不從，同

被害。父母聞聲往視，并爲所殺。事白，置王二於法。二女并得請旌。

郭氏，胡君寵妻。君寵病危，慮其身殉也，囑以撫孤爲重，郭含悲自任。君寵卒，郭年三十。早作夜息，艱苦備嘗。延師教子，次第成名。及卒，曰：「余不負良人於地下矣！」

羅氏，浙江處州府驛丞李經妻。經卒於官，子廷正猶在襁褓。羅年二十八，扶柩挈子歸里，勵節撫孤，三十餘年如一日。雍正元年卒，八十三歲。

黃氏，生員鄭奎光妻。奎光歿，黃年二十九，子康孫已十歲。黃勵志仰十指送子讀。康孫後舉明經。縣官鄭爲之請旌，表其坊曰「冰操嵩年」。

薛氏，增生陳偉妻。偉卒，遺子三、女四。薛年二十九，砥節撫子女。長子啓瑞、次啓亨，次啓通，并成名。縣官九牧表其坊曰「矢柏培蘭」。

馮氏，廩生陳啓亨繼妻。啓亨卒，馮年二十五，撫前妻子琦如己出，訓之成名。琦復卒。馮苦節終身。

〔注一〕「至」，原脱，今據光緒《密雲縣志》補。

〔注二〕「官」，原脱，今據光緒《密雲縣志》補。

王氏，廩生陳琦妻。祖姑薛、姑馮，并以節孝著。適琦時，年十九，三年而琦卒。王與孀姑嫠處，奉之有加禮。至雍正元年，〔注一〕守節五十年。

張氏，生員杜本榮妻。本榮卒，張年十九。至雍正元年，守節五十三年。

燕氏，鄭世寵妻。世寵卒，燕年二十四，守節撫孤。至雍正元年，燕年七十，子三人并成立。

朱氏，生員高日陞妻。日陞卒，朱年二十九，有三子、二女。家貧，以針黹自給。冬月操作，至膚裂指僵，志彌堅。長子峻，得補弟子員。至雍正元年，朱年五十九。

楊氏，星莊里人陳炳妻。炳卒，楊年二十八，貧無以殮，或勸改適，楊不可。有子三，質其長子以爲殮。既葬，楊胼胝畎畝，家粗給，乃贖其長子歸。後三子并成立。楊苦節終身。

劉氏，曹玉妻。里之少年挑之，不從，欲行强，劉益凛然難犯。少年畏罪，自死。控劉於官。官廉，〔注二〕得其實，論誣者如律，而旌劉之門曰「正潔可風」。

蘇氏，馬繼遷妻，桑園莊人。繼遷卒，蘇年二

十一。素失舅姑歡，爲妯娌所不容，子君錫尚襁褓。蘇下氣怡色，含泪爲歡，妯娌化之，舅姑亦鑒其誠。卒能撫子成立，節孝始終不渝。

朱氏，九松山人張文柏妻。文柏死，朱年二十三。時歲饑，子起龍方六歲，次起鳳方四歲，朱備極辛苦，比歲稔，躬操耒耜。起鳳早夭，起龍賴以成立，孫子衆多。朱卒年八十。

李氏，夫姓韓。夫死，李年十九。體無完衣，爲人縫紉浣衣，以供饘粥。子之良，補諸生。縣官謝舉孝嘗周之，旌其門曰「貞操懿範」。

尹氏，莊禾屯鷹手彭起彪妻。彪没，尹年二十二，苦節一生。康熙五十二年，請旌建坊。

石氏，羊山里人王廷輔妻。廷輔死，石年二十六。養姑撫子，苦節五十七年。至雍正元年，年八十三。

王氏，金叵羅人孫彦侯妻，生員九執女。乾隆三十七年，彦侯卒，王年十九，守志不再醮。越兩年，以夫弟子桂林爲嗣，教以義方。林仰承母訓，博學好善。道光十二年，王卒，年七十九。守節六十年。

甯氏，生員吳錦洸妻。嘉慶九年，夫死，甯年二十六。至道光十三年，年六十，旌如例。

趙氏，廩生張耀儒妻。嘉慶十三年，夫死，趙年二十一。至道光十三年，年六十八，旌如例。

高氏，燕樂莊人武生鵬之女，夫張進寶，内務府鑲黄旗人。嘉慶十六年，進寶卒，高年二十三。翁存信憫其年少，告鵬曰：「吾夫妻年逾六旬，旦夕就木。足下止此女，可勿守也。且僕家綦貧，即守，亦無以自存。」鵬諾。商於高，高曰：「婦人之義，從一而終，禮也。親老子幼，請身任之。雖貧何害？」高固嗜酒，旗俗尤喜吸淡巴菰，自是并禁絶之。治家勤儉，操作有人所不堪者。奉翁姑先意承志，教子嚴明。翁姑歿，喪葬備禮。家漸裕，爲子榮桂娶於李氏，子婦并能順事家人。率厭粱肉，高蔬食如初。日誦《女孝經》及《心經》，寒暑無間。子婦跪請進精膳，高曰：「非不知肥甘悦口，然終不逮淡泊之養心也。未亡人前之爲此，所以代割耳削鼻也。今改之初志，伊何執？不可。」李遂亦從而蔬食。咸豐十一年，高年七十三卒，遺囑曰：後世子孫

無論子女，必須讀書明理，庶無忝所生云。

于氏，父和定府護衛；夫彭通，内務府鑲黄旗人。嘉慶十八年，通卒，于年十九。以兄之次子德麟嗣。奉親教子，苦節堅貞。咸豐五年，古北口理事、同知錫年旌以額曰「彤管流芳」，石匣縣丞宋曾文、石匣營汛廳李殿甲額曰「柏節常貞」。鄰黨數百人，競貽額文，以旌其節。

齊氏，從九張國經妻。嘉慶二十年，夫死，齊年二十九。至道光十三年，年七十六，旌如例。

閻氏，良鄉營守備郝殿魁繼妻。嘉慶二十四年，殿魁卒於官，閻年二十四，生子德瑞甫彌月。其長子德徵，殿魁前妻所生也。閻抗志守節，撫二子慈威如一。咸豐間，二子均膺武秩。德徵調河南，出師陣亡。德瑞亦以出師，病殁於軍。有孫四人，閻復教養備至。長孫兆麟，現官昌平營千總。

柳氏，三河縣柳家村人柳遇春之女，十七歲適密雲龍灣屯李成蘭。道光三年，成蘭卒，柳年二十九，親老家貧，子荃僅十歲。當是時，柳哀毁欲絶，忽仰天呼曰：「今非死時也！未亡人詎

可以死謝責耶？」夫既葬，爬羅衆務，力任其難，而不俾翁姑知，曰「恐傷親意也」。蓋成蘭殁時，翁姑并年六十矣。柳既善持家，家小康。自奉儉約而不吝施與。夫侄杜，以貧故幾廢學，柳貲之膏火，竟得就業，成明經。夫兄弟之女尚髫齡，養亦如所生。比嫁，竭力經營，嫁衣裙襦皆柳所縫紝者也。遠近族人窮困無依者，率賙恤之，并量能授以治生之道。子荃年三十，率母教以起家。柳性嚴毅，饒居積，嫠處五十年，人無間言，而家益裕。翁姑之喪，家尚貧，或以是爲憂。柳曰：「吾所以苟活者，將以代吾夫事其親。今縱不豐，稱家之有，無敢惜費乎！」喪葬盡禮，觀者莫不嘆服。同治十一年，柳尚存，年七十九。

張氏，金叵羅人王克儉妻，父國臣，碱廠人。道光四年，克儉卒，張年三十。子連元，遺腹所生也。家貧不能自給，親族少賙之，室屢空，峻潔自如。同治六年卒，年七十三。

劉氏，上鎮莊人、增生趙允妻。道光六年，允卒，親老，子希洎幼。劉苦節抗志，奉舅姑無失禮。舅姑既没，營奠營葬，率無遺憾。希洎成立，

已得循例入官。同治十一年，劉尚存，年七十六。

鄭氏，杜啓文妻。道光七年，啓文卒，鄭年二十八。守節，撫孤子模成立。同治九年卒，年六十四。

張氏，金叵羅人，劉繼洪妻，父其發，旗鼓莊人。道光八年，繼洪卒，張年二十六，子廷梁甫二歲。家貧，衣食不充，勵志彌堅。廷梁有至性，語及其母，輒泣下。同治十年，張年六十九卒。

王氏，古北口人毛文蔚妻。道光九年，文蔚死，王年二十五，子毓奇甫兩齡。姑勸之改適，王不可，因毀容勵志，惟以奉舅姑、教子爲事。終其身，足不出中閾。毓奇長，入行伍。咸豐三年，調揚州，出師四里鋪，陣亡。王聞耗哭，謂子婦胡曰：「爾夫歿王事，爾夫誠不死矣！」胡亦矢志不嫁，族子爲嗣，承襲世職，至同治十一年，王尚存，年六十餘。

祝氏，石匣人孫鴻妻。道光九年，鴻卒，祝年二十六，矢志守節。奉翁姑以孝稱，撫族子爲嗣，慈愛臻致。翁姑歿，殯葬如禮。至同治十一年，祝尚存，年七十。

張氏，嶺東莊王成義妻。道光十二年，成義餓死於道，張年二十九，益無依。乞食以度，嚴峻自守，撫子明弼成立。咸豐九年卒，年五十七。

甯氏，父彝，滿城縣教諭，夫生員王政齊，金叵羅人。政齊性慷慨，好施與，家中落。道光十三年卒，甯時年三十，矢志勵節，貧而益堅。後祝髮縣城之開元庵，釋名法綱。至光緒七年尚存，年七十八。

孫氏，嘉慶癸酉科拔貢、山西布政司經歷任百勳之妾。道光十七年，百勳卒於官，孫年二十三，有一子一女。守節撫孤，清操四十餘年。

胡氏，提標經制外委毛文選妻。道光十八年，毛故，胡年二十二，哀毀不欲生。以老姑在堂，茹痛承歡。至同治十一年，已苦節三十五年矣。

徐氏，處士任方增妻。道光十九年，方增卒，徐年二十二，僅一女，尚幼。兄之子女亦幼孤。大父母并衰邁，翁姑遘多故，常侘傺不聊生。徐矢志孝養，撫兄之子女如所生。至同治十一年，苦節三十四年。

趙氏，金叵羅人王成功妻。道光十九年，成功卒，趙年二十四，子守安甫三歲。抗志食貧，奉姑撫子。同治五年卒，年五十一。

蘇氏，附生胡其鋭妻。道光十九年，於歸逾年，其鋭死，蘇年二十，事姑守志。至同治十一年尚存，年五十二。

劉氏，父文童，旗人，世居栗園莊。夫李延育，内務府鑲黄旗人。道光二十年，延育卒，劉年十九，撫夫弟延疇子方靖爲嗣。操作、養親無倦容。同治十一年尚存，年五十一。

王氏，上鎮莊人劉永遠妻。道光二十三年，永遠卒，王年三十，矢不他適。事舅姑，生盡其禮，葬盡其力。撫子玉成至成立。家故貧，皆仰於十指。現年六十九。

齊氏，縣東竇家莊人。夫甯鴻音，增生，安徽候補府經歷，另有事略。道光二十四年，夫卒，齊時年三十七。既殮，厝柩中堂，旦暮薦食不懈。甯無子，妾有二女，撫之如所出。比長，爲之擇婿，傾貲贈嫁，無少吝惜。先是，甯以居積致富，好施與，齊時贊成之。及甯卒，齊益好善如不及，

凡有利於人者，量力佽助，無不各厭所欲。或有以惜財諷者，答曰：「此先夫子志也。且未亡人焉用多財？」聞者愧，謝去。親族特懸匾其堂曰「爲善最樂」，非諛辭也。顧性雖慷慨，自奉儉約，治家井然。年五十以前，非至戚，罕覯其面。夫亡二十餘年，始得以夫兄鴻翥之次子瑃爲嗣，時年僅七歲，衣服、飲食皆躬親之，而督望不少貸。瑃稍長，始遷夫柩，葬祖塋。瑃旋補弟子員，爲娶於蘇氏。齊旋卒，年六十一，是爲同治六年。瑃後入貲爲光禄寺署正，晋員外郎銜。光緒

四年，覃恩贈齊太宜人。

呂氏，縣城人王都妻。幼貞静，寡言笑，十六適都。都能文章，好學至嬰羸疾，結褵逾年。赴通州應童子試，志在必得。經營兩藝，殆至嘔心。既補諸生，感時疫，卒於通。喪還，呂哀毁瘠立。已而，自念曰：「夫死而無子，翁姑在堂，誰爲侍養者？且先人之嗣，其遂斬乎？」乃不死。事翁姑曲盡其道，而動必以禮。翁姑相得甚歡，若忘都之已死也者。顧家貧，無與嗣者。雖强顔博歡，枕簟間泪痕常熒熒也。或有欲諷以再醮

者，輒不得盡其辭而退。舅姑相繼殁，殯葬所貲，心力交瘁。坐是，益困。王者翼，其夫之從父也，爲老諸生，固嘗周之。至是，嘆曰：「家有節孝婦，而俾其煢煢無依，我之罪也。」乃以孫謨嗣都，使吕同居而衣食之。吕事從父有加禮，其於謨則愛養若不及，每有過，輒呵責不少假云。現年四十八。

張氏，甯村人，父維正，夫張九如，步軍外委。咸豐二年，九如死於京營。張匍匐奔喪，扶柩歸，無力營葬地。夫之從祖張榮桂予之地，始得葬。

無子，撫夫弟九雲子爲嗣。同治九年卒，年五十。

王氏，乾河廠人趙大妻，父發凝，嶺東莊人。道光二十三年，夫死，王年二十一，瀕死者再。翁姑諭以大義，始矢志奉親，初終不渝。二子并已成立。同治十一年尚存，年五十。

王氏，父起全，嶺東莊人，夫姓鄭，石佛西莊人。鄭素無賴，又性懦。里之惡少屢挑王，王正色拒，恐終不免，遂自戕，年甫十六，時咸豐九年五月也。鄉人高其義烈，易棺改葬。死已逾月，貌猶如生。

朱氏，金叵羅人王守增妻。咸豐十一年，增亡命走出。朱竭力事姑，姑性剛暴，時加撻楚，率順受，無怨言。同治九年卒，年三十。守增竟未返。

田氏，同治癸酉科拔貢生張振燕妻。素孝謹，而不得於姑。時横施凌虐，田惟順受。家又綦貧。振燕恒館於外，所得館穀，田悉以奉甘旨，而自饜蔬糲。同治十三年正月十二日，振燕卒。姑謂夫死由於田，逼令改嫁而後殯。田自度不能容，然義不他適。越夕，遂仰藥死，時年三十一。

光緒元年，旌如例。邑紳王贊元暨書院肄業諸生，爲之建坊節孝祠前。按：振燕字桂山，爲余先君子癸酉同年，故田氏殉夫之事，知之甚悉。其姑奇悍而狡，振燕之死即受凌逼，鬱結隕命。而田之挫辱，尤無生路，故惟有一死，以從夫於地下。請旌時，適穆宗鼎湖之變而孝哲毅皇后之晏駕，其情事正與田相類。故禀辭於姑婦隱情未道一字，恐觸時忌，且慮有礙於節孝名譽。當時秉筆者實具苦心，而修志者亦因之，未爲詳叙。然志書之體，務在紀實，與公牘必求與律例吻合者异。至請旌時，其姑阻撓甚力，蓋恐彰其悍也。士紳許以重賂，始許之。故於舊志略爲增改，并紀其顛末如右。

某氏，佚其姓，父某，古北口防守禦，滿州人，夫姓關。氏年十九，於歸。關故縣巨室，夫尤豪侈，後房極聲色之奉，漁獵不已。氏初不敢諫。既而，關寢疾，乃婉言諫，關不聽；諫綦切，關怒。氏恐拂其意，則疾將益劇，遂不復諫。及關

病篤，謂氏曰：「我死，汝將奚歸？」氏請以身殉。關漫應之，不信也。氏曰：「夫子終不信，吾不能後夫子死。吾死，夫子乃瞑目矣。」遂爲嗣子授室，畢，執關手，哭之慟。揮泪出，從容飲鴆，竟先關卒。邑人蘇振芳爲作《關烈婦行》。

胡氏，燕樂莊文生高士舉妻。士舉卒，守節至八十一歲。同治五年卒。

范氏，王林可妻。道光二十九年，林可遠行不歸。氏時年二十七，爲人傭以養舅姑。舅姑歿，〔注一〕自殮至葬，莫不盡禮。氏之父亦貧且老，迎而奉之。逮歿，殮葬亦如舅姑。光緒二年，氏卒，年六十一。

楊氏，金叵羅人劉進永妻。進永卒，楊守節十五年卒。

朱氏，道光己酉科拔貢王鈞妻。鈞卒，朱年二十八，矢志事姑。撫子靖濤、安濤，既成立，復相繼卒。朱益内傷，乃力撫諸孫。孫亦能率其教誨。年至六十九卒，貤贈宜人。

辛氏，龍灣屯貢生錦之女，生有至性。年十五，母李病篤，辛日夜焦思。聞人言，刲肉可起沈

〔注一〕「舅姑」，原脱，今據光緒《密雲縣志》補。

疴，遂剖臂雜藥餌以進。後適順義縣田家營張正儒。

戴氏，父永利，婿姓胡，龍灣屯人。嫁有日而婿卒，戴往奔喪。婿既葬，遂不返母家。敬事翁姑者十四年，尋卒。

任氏，張慶方妻。夫卒，任矢志奉親。生事死葬，舉無失禮。撫子亨成立，補弟子員。苦節逾二十年，現年四十一。

董氏，順義縣太平莊人，夫張承永，沙河莊人。承永素無賴，嘗忤母，母鳴於官，律城旦。將行，謂董曰：「善事後人，無自苦也。」董指天誓，承永笑而止之。董於是夜彌紉其衣，投水死。

齊氏，竇家莊武生齊朝聘女，黃各莊文生朱連珠妻。朱卒，氏年二十，翁姑俱存，子天民方周歲。氏號哭欲絶，忽仰天嘆曰：「殉死非難，老幼何托？」葬夫後，親操井臼，艱苦備嘗。事翁姑以孝，教子成名。鄉鄰族衆，公舉請旌。光緒元年五月卒，是年入祠。

馮氏，邑庠生王士英妻，縣東北瑶亭莊馮朝富女。同治十二年，氏年二十五，英病篤，謂馮

曰：「我死，汝勿守節。」馮曰：「君勿多慮。」至四月十九日，英卒。馮跪柩前，號哭一日，是夜殉節。

曹氏，八家莊人曹連城女，南碱廠莊張茂妻。年二十一歲守節，孝奉翁姑，教養其子慶昌成立。鄉黨咸敬服焉。卒年七十五。

王氏，羊山莊王銑女，南碱廠莊張慶昌妻。年二十三，夫死，守節。奉姑以孝，教子以義。卒年七十四。

尹氏，邑北嶺東莊張滿妻。年二十九，滿亡，子在襁褓。氏哭絶於地，及甦，嘆曰：「若非爲張氏後，幾身殉矣！」矢志守節，撫養孤子成立。至光緒九年，年七十六，尚存。

張氏，邑北嶺東莊張貴妻，張滿之弟婦也。貴亡，氏年二十八。家貧，無以自給，賃傭於外，辛勤艱苦，而節益堅。至光緒九年，年六十八。

王氏，邑廩貢生羅鑠之妻，性情和淑，孝事翁姑，人無間言。年三十九，夫亡，二子尚幼。氏勤儉持家，延師訓子。二子均先後入泮。與妾張氏同矢志守節，鄉黨咸欽重焉。

黎氏，紅寺莊白鶴鳴之繼室也。前清同治三年，於歸，時年十九。相夫佐治，克盡婦職，尤有樛木逮下之賢。鶴鳴天性放曠，以中年乏嗣，故由帝里納妾歸。黎以嫡妾勃溪，婦人常狀，而家道由此而衰、家風由此而墮者比比皆是，乃居之別墅，俾夫得遂其志。如是者三年，鶴鳴遂逝世。妾欲去，黎悉舉所與衣飾，畀而遺之。事在光緒八年。夫在日，以豪華好客，又富甲一方，珠履華裾，恣意揮霍。坐是，家漸凋落。黎雖暗中調護，究入不敵出。至是，乃毅然整頓家政，條理井井。酌盈劑虛，以彌補隙漏，復極力撙節，悉杜漏卮。乃得歲有贏餘，寖復舊觀。其經營締造，則半貲於同懷兄名承謙者爲之策畫。承謙善治生，視白家事如己事，故能使内外肅然。黎亦以腹心托之。夫亡之日，遺孤家駿方離襁褓，珍愛如己出，養之教之，爲之延師授讀。至今能履厚席豐、紹衣裘之美者，黎之力也。顧其操守高潔。庚子兵劫，聞亂，遂從容盡節以自全，亦烈矣哉！光緒二十八年壬寅，子家駿具事實，以節烈請於部。世、徐兩相國合疏以聞，得旨旌表。噫！若黎氏

者，冰霜之節，誠足不朽；而其慈惠之德、嚴肅之操，方之詩所謂「温恭淑慎」者，寧有愧色哉！

楊孺人，鄉謚「莊敬」，生於雍正元年，與夫陳璜俱浙江山陰人，隨宦至密雲。璜卒，貧甚，不克南旋。子士鏞幼孤，凡章句訓詁、把筆行文，俱親自教授。度日撫孤，惟恃筆墨。其家乘云，以文糊口，類班氏之傭書；爲子延賓，似陶母之截髮。徽音闡範，遐邇咸欽，紀實事也。古稀設帨時，鵷鷺衣冠奉觴介壽者三四十員，其見重於人如此。

李氏，邑人陳元章妻，荆栗園莊李鴻科長女。生於嘉慶四年，中歲而寡，家道已衰。撫二女一子，事姑以孝聞。姑王氏，石匣鎮王總戎女孫，席豐履厚，喜名茶，嗜淡巴菰。李百計奉養，不使有缺，雖疏食菜羹，必歡顔以進；己則每飯不飽。冬無絮衣，篝燈作針黹傭，因瞽一目。疾革，猶不敢呻，恐觸姑聽。平居戒子女習勤儉，敬鄉鄰，忠厚存心，勿談人短。年六十二卒，鄉謚「孝淑」。葬時，觀者莫不嘆息，以爲近今無此温厚純孝賢

媪也。光緒四年，覃恩贈孺人。子之驥，字西園，伉爽梗直，嗜學好古。年七十有八，猶時時感慨欷噓，追述母訓云。

王氏，河南寨孫成妻。夫故時，氏年甫三十，貧無立錐地。矢志守節，備歷艱苦，撫孤侄至於成立。以勤於操作，歲獲贏餘，晚年家漸裕。年七十餘，壬子年始卒。侄感其撫育，亦厚葬如禮。

于氏，邑庠生、河南寨曹尚文妻。年二十餘而寡，苦志守節。事翁姑終老，撫二子成立。鄉里以節孝稱。

宋氏，關上莊李失名之妻。夫故時，氏年三十餘，子振隆尚幼。矢柏舟之節，誓死靡貳。前清光緒三十年，振隆爲母請封誥，藉彰苦節。癸丑春二月，氏攖重疾，幾殆。振隆刺臂血和藥以進，立愈。現年八十四歲。里人咸謂節孝之誠所感召焉。

茹氏，塘子莊齊德振妻，前清舉人、宛平茹錦之女。未字時，熟嫻閨訓。於歸，甫周歲，夫即病故，氏年方十九歲，又無所出，孤苦零丁。誓以死守，苦節五十餘年，今六十八矣。鄉里無不重其

堅貞，嘆爲近今所罕見。

相氏，吉家營郝如龍妻。亦十九歲而寡，家既貧，又無所出。毀容守節，善事翁姑，饑寒切身，無倦色。繼夫兄如鳳子爲嗣。至癸丑年乃終，年八十有七。

王氏，吉家營郝如皋妻。二十六歲而寡，翁姑垂老矣，子瑞芳尚幼。夫亡時，家無儲畜。氏茹苦操作，孝養雙親，教養孤子，漸至殷實。卒年八十九歲。

王氏，大角峪劉建綱之母。夫亡時，氏年二十六歲，無子。建綱，猶子也，撫以爲嗣。苦節三十餘年，現年六旬矣。

李氏，曹家路仇德潤繼母，新城村李鳳岐之女。於歸後，無所出，愛德潤如己子。年二十四而寡，苦志守節，今六十餘矣。德潤亦事李如生母。故慈孝之名，著於閭里。

張氏，河北莊杜（失名）之妻。夫亡時，氏年二十二，誓不改嫁。妒之者誣以蜚語，氏置不辨，而守志益堅。以是，誣者亦漸息。現年八十六歲。河北爲懷、密交界，故收入志中。

李氏，李直之女，李鴻恩姑母，藍鳳鳴之妻。藍故房山人，僑居密雲。於歸後數年，夫亡，舅姑亦逝世未幾，子又死。煢煢孤嫠，家貧如洗，饔飧不能給。有勸其改適者，氏曰：「鴻雁有定匹，若改適，曾鳥之不如。且一着紅衫，藍氏之鬼從此餒而！吾志已定，後勿多言。」今七十六歲。

趙氏，鑲黃旗滿州南氏連喜妻，正白旗滿洲阿恩泰之女。於歸後，生一女。其夫年二十餘，前清同治初年從戎征回匪，陣亡於陜西。氏年二十一歲，立志守節。舅姑以氏在青年，勸其他適。

乃咬指以誓曰：「夫没於王事，爲國效忠。未亡人如有他圖，何以見亡夫於地下？且夫家、母家俱宦族，亦懼玷聲名。心如古井，决不再起波瀾矣。」即今尚存，年已七十有四，俗稱爲五豹奶奶者是也。氏本滿營人，以見聞較確，故收入志乘，以發幽光。

貞女徐氏，南台莊李春秀妻。歸李時，年甫十六，夫病已不起。氏侍醫藥，衣不解帶，五閱月而夫卒，尚未合巹也。氏以既入李門，即爲所天，遂矢志不嫁，實貞女也。前清光緒二十九年，里

黨合詞請旌，得請，以節婦表其閭。以及笄之年，未獲一調琴瑟之雅，卒持同穴之義，以苦節終其身，縉紳大族，且不多覯，出自村女，尤爲人所難。共姜紀姬，古今人豈不相及哉？

何氏，莊禾屯彭大受妻，清千總何湖之女。夫亡於光緒三年，遺二子一女，氏年二十八。矢志守節，孝事翁姑。二子并夭，以侄爲嗣。現六十餘。

關氏，莊禾屯彭正方妻，關仁平女兄。夫卒於光緒元年，氏年二十九，無子嗣。夫兄大義以守，已抱孫矣。大義夫婦又相繼卒。乃撫孤孫，以至成立。五十六歲而卒。

郭氏，乾河廠人清水潭揣鈿妻。鈿卒於清咸豐九年七月，氏年二十三。次年正月，生遺腹子宜誠。撫孤守節，敬事翁姑。現年七十七歲。

朱氏，北省莊朱成河之女，本莊伊作賓妻。於歸後二年而夫亡，氏年二十二。生遺腹子長本，撫育有法。上事老親，孝養周至。姑患痰疾，卧床累歲，親侍湯藥，扶持左右者十餘年。及翁姑相繼歿，竭力殯葬，盡哀盡禮。三十年如一日，

現年五十餘。節孝聞於鄉里。

劉氏，南省莊謝萬來之妻。二十八歲而寡，子玉瑩、玉珍俱幼，教誨有方。家道固小康，而節儉如寒素。遇鄰里有公益事，必量力出貲，且周恤親族，和睦鄉閭。故人以節義稱之。現二子已成立，仍守母訓甚謹。氏年已五十七歲。

傅氏，堂子莊齊文彬之妻。文彬故時，傅年十八歲。苦節五十餘年，現年六十八歲。

孟氏，丁家莊生員朱文彬繼室。於歸，時年十七，事翁姑以孝聞。生二子，林及權。至二十九歲而夫亡，號痛幾絶。時翁已歿，念衰姑春秋高，無以養；前室子森方少；林七歲，權未離襁褓，乃剪髮自矢。家故貧，奉姑育子，艱苦備歷。姑歿，拮据安窀穸，坐是益困窘，賴夫弟減歲度周之。素嫻姆訓，動必以禮，尤善於訓子，里黨賢婦奉爲女宗。長子森先卒，次子林游庠食餼，三子權業農，能以勤儉保家，皆母教也。清光緒三十一年，守節已四十五年矣。如例請旌，得旨，以「松貞荻訓」額表其門。

志曰：劉向以「列女」名傳，范史因

之，即列傳之義。故兼收才藝，雜進流品，不專主於節烈也。後世趨重節烈，意在風厲薄俗，闡發幽潛，而才女堅母遂無自留芳彤管，殊乖史傳善善從長之意。又舊志稱：「薛志（指國初薛天培所重修。）采舊志（指明志）蕭氏以下二十二人。」薛志采徐氏以下二十八人，其王氏以下二十七人，蓋今志所采，別以時代爲序。某氏以下六人，歲月莫稽，列之篇末。前後所采，都凡八十三人，然志中所載乃有九十六人。數目既不相符，且自某氏以下，有具詳歲月者。或付鈔胥，次序羼亂；或梓行時更有增入歟？茲略變體例，但不越禮教之大坊，自可取班桓之懿行。自黎氏以下，采列二十二人，其中或失則誤，或失則漏，則輶車采風行人之責。援筆記述，不敢妄有增易，貽譏識者。